あなたへの
ラブレター

コールサック社

装画・題字・挿絵　長野ヒデ子

詩・本文書き文字　小林征子

『あなたへのラブレター』目次

Ⅰ章　秋へのラブレター

Ⅱ章　お母さんへのラブレター

1　お母さんへの一行詩

2　詩の花束

あなたへのラブレター

小林征子　詩集

Ⅰ章　秋へのラブレター

秋の色

まっさらな 心で
まっさらな 紙に向かう
秋の日差しがおどる
コスモスが 揺れる
すすきが
おいでおいでをする

空・雲・風

まっさらな 紙が
淡くはかなげな透明水彩で
わたし色に 染まる
秋色に 染まる

辞書

母が亡くなって
形見に　辞書をもらってきた
「和英併用机上辞典」と
表紙にある
昭和二十六年発行の
古い辞書である

わが家に辞書は
たくさんあるが
ガムテープで
無骨に修繕された
母の使っていた辞書が
妙にいとおしくて
わが家に　連れてきた
わたしは今日その辞書で
〝秋〟をひいた

秋の味覚

秋刀魚が送られてきた
すだちも 添えてあった
かぼすを届けてもらった
キャアー 松たけの おすそわけも
いちじくと 梨と 柿とぶどう
送ってもらった

新米も、、、
それから　それから
赤トンボが　遊びに　きてくれて
うれしい　わたし
心をこめて
皆んな　ありがとう！

ひがん花

「暑かった」としか
言いようのない夏が過ぎて
今 ようやく秋

ふと 我に帰ると
夢や希望や あこがれを
遠い日に 置きざりにしたまま
無為に 生きている 自分が います

あせりの中で　もがいていると
おじさまの声が聞こえます

「無理を　するな
自然体でいい」

ひがん花の季節に逝って
三年・・・
おじさま
今年も　ひがん花が咲きました

ひがん花へ

すっくと
立ち上がった茎の先の
かがり火が燃える
かがり火は　燃え立ち
炎の行列となって
続く　続く　続く・・・

時に死びと花と　呼ばれ
捨子花と呼ばれ
忌み嫌われても　なお
凛として　咲き誇る
孤高の　群れ
わたしの大好きな
ひがん花よ

里の秋

鍋田さんは
優しい　お嫁さんです
お姑さまと
毎日　お散歩をします
手を添え　抱えながら
ゆっくり　ゆっくり　歩きます
お姑さまは　歌が大好き
いつも唱歌を口ずさんでいます

♫ 静かな　静かな
里の秋
お背戸に
椎の実の
落ちる　夜は
――――♫

昨日　鍋田さんとお姑さまは
「里の秋」を　歌いながら
お散歩しました

秋雨

（あらっ　雨・・・）
朝　カーテンを開けながら
心が　つぶやいた
静かに　音もなく
降るものだから
少しも　気がつかなかった
秋の雨

散歩の 折に見つけた
山岸の 葉蔭の
ひみつの烏瓜を思った

野ぶどう

野ぶどうを見つけた
まだ 若い 萌黄色《もえぎいろ》の 野ぶどうは
つぎに 見たとき
浅葱色《あさぎいろ》に なっていた
そして 縹色《はなだいろ》から
蘇芳色《すおういろ》へと 変り

わたしが　知っているだけでは
追いつかないくらいに
さまざまな色の変化を見せて
今　瑠《る》璃《り》色《いろ》の宝石に　成熟した

そおっと　つるを持ちあげると
安野光雅　さんの
絵本から　飛び出した
小人　たちが　ひそんでいた

台風一過

台風一過の
今日の
この秋いちばんの
上天気を
できるなら
ひみつのはこに
しまって　おきたい

そして
いつでも　自由に
はこから　もれる
日差しを
浴びていたい

秋日和

こぼれ落ちた
金もくせいの 花つぶたちが
寄り集って　なにやら
ひそひそ話を している

「くっくっくっ、、、」
なにが　おかしいのか
時折　しのび笑いが
もれてきます
おだやかな　秋日和の
昼下りの　おはなしです

わたしの病気

ホウカシキエン・・・
こんな 聞いたこともない
へんてこりんな
病気になるなんて
きっと わたし
バチが当たったんだ
と思うと

あのこと
このこと
思い当たることばかりです
神さま
どうか未熟なわたしを
お許し下さい

氷

歩けない　わたしは
洗面も　歯みがきも
ベッドの上です
「お口を　すすいで下さい」と
渡されたコップの水に
一片の氷が　浮いていて
やさしさが
口の中を　ころがります

おなら

二人部屋の 病室ですから
当然 気づかいが 要ります
そこんところ
おならも
よくわかってくれているようで
静かに そっと
へへへ・・・

もがき

わたし　こんな所で
なにを　しているんだろう？
郷里の父も母も
入院中だと　いうのに
息子が
大学受験の　最中だと
いうのに

痛みの
すきますきまから
理性を　ひきあげようと
もがくのだけれど
負けてしまいそうで
くやしい　です

カサブランカ

痛みで　目がさめた
夜明け前に　書いています
カサブランカの花束をかかえて
高速道路を　突っ走って
かけつけてくれた
妹夫婦への　感謝を
忘れないように・・・

カサブランカの
ほのかな匂いに
つつまれながら
妹の「お父さん　お母さんのことは
　　心配しないでいいから……」と
言った　ことばを
思い出して　います

妹

小さいとき
ケンカばかりしていた
妹でした
(こんな妹　いらない)って
何度も　思ったものでした
その妹が
目にいっぱい　涙をためながら

「おねえさんの足　かわいそう」と
大事なものでも扱うように
そおっと
なでさすって　帰りました
麻痺した足に
妹のぬくもりが
手形になって　残っています

感謝

こんなに　皆んなに
やさしくしてもらって
足を向けては
寝られない人ばかりです
こうなったら　わたし
立って寝るしか　ありません

冬の風

少しだけ
開けてある窓から
しのび入る冬の風に
花たちが
たくさんの人たちの
心を運んでくれた
花たちが
やさしく　やさしく
揺れています

ごうサンタさん

息子の ごうが
大きな袋をかついで
サンタさんに なって
やってきました

サンタさん から
手品師に 変身したごうは
その袋から
次次に プレゼントを

とり出して見せます

（まだある、まだある…）と

喜んでいたら

「もう おしまい」だって

「さいごに ハトが

出てくるかと 思ってたのに…」と

がっかりしていると

「さいごはこれ！ おめでとう!!」って

わたしは ベッドに 横たわったまま

今日が五十さいの誕生日であることを

思っていました

足音

夫の足音を 待つなんて
何十年ぶりの ことでしょう
五感のすべてを
耳に集めた わたしに
やけに 頼もしく
力強い 足音が
近づいて きます

夫と

いろいろあって
夫婦を続けてきました
いろいろ　あったけど
夫婦を　続けていきます

これからは
「ありがとう」が
道づれです

ともだち

点滴が　友だちだった
次に
車椅子と　友だちになって
今日　新しい友だち
松葉づえが
やってきた

右足さんに

動けない 左足さんに代って
孤軍奮闘している 右足さん
今日は その右足さんに
「ありがとう」って
たっぷりのクリームを
ぬってやりました

ねがい

早く 退院したい
いえに 帰って
息子の お弁当 作りたい
トントントン包丁 使いたい
トイレの そうじ
おへやの そうじ

ベランダも
きれいに　片づけて
主人に　「行ってらっしゃい!」と
「おかえりなさい!」を
やさしく　言いたい
これ　ぜ〜んぶ
日頃
さぼっていた　ことばかりです

雪の日

どんどこ
どんどこ
　どんどこ
　どんどこ
雪　窓いっぱいに雪
あとから　あとから
絶えまなく降る　雪

「こんな日だから
どなたも見えないと思って・・・」
と荒山さんが
こんな日なのに来て下さって
つづいて桜井さん
伊藤さんと豊島さんと　酒井さん
・・・それから難波さんと
明日香ちゃんも見えた
わたしが入院して
初めて　泣いた日のことです

一時退院の日に

車を降りて
家までの距離に
とまどっている　わたしの前に
おんぶの姿勢に腰を落とした
息子の背中が
立ちふさがります

少し　ためらいながら
おんぶしてもらうと
広い　背中が
少しも　たじろぐことのない
たしかな足どりで
歩を進めます

二人共無言のまま
長いような　短いような時間が
過ぎていきます

看護婦さんたち

佐藤さん　岩井さん　若森さん
金子さん　加藤さん　滝沢さん
門馬さん

当初　皆んな同じに見えた
看護婦さんたちの
お名前とお顔をようやく覚えて
もうじき退院です

退院

あぁうれしい
あした退院です
「ありがとう」で
あふれそうな
心を抱いて
あ・し・た
退院です

「忘れな草」の覚えがき

一九九一年暮れから一九九二年にかけての二ヶ月間をわたしは病院で過ごした。

実家の両親の入院、二男の大学受験など憂いごとを抱えての入院だった。

入院生活は、自分を見つめ直すいい機会になった。元気に過ごしていた日々の驕り、至らなさを反省し、病む人の苦悩をも知ることができた。

そして、自分が大勢の人達に支えられて生きていることを改めて認識した。たくさんの「ありがとう」の心を忘れないように「忘れな草」と題名した詩篇である。

Ⅱ章　お母さんへのラブレター

夢を見た朝に

お母さん
変わりは　ないですかで、
昨夜
あなたの　夢を
みました

五本の指

五本の指は
五人の子供
どの指切っても
痛いって

この頃 よくきく
あなたの口ぐせ

あなたが　いちばん

いろんな　お母さんがいて
みんなすてきで
みんな　立派で
みぃ～んな　いい　お母さん
でも　わたしには
あなたが　いちばん！

大きい おかあさん

おかあさん
おかあさん
おかあさん
わたしの おかあさん
小さくたって
あなたは 大きい

ふがいないわたし

わたしだって
お母さんなのに
二人の子供の
お母さんなのに
今日も　あなたを
心頼みする
五十さいを
もう　とっくに過ぎた
わたしです

一生懸命

あなたに
ほめてもらいたくって
ひたすら
一等賞を目指した
遠い日のわたし

そのわたしの子どもたちに
あなたが望んだのは
一等賞ではなく
一生懸命だったのが
うれしい

のっぽのユリコさん

「のっぽの ユリコさん」
そう名付けて
毎年　毎年
咲くのを 楽しみにしている
背たかのっぽの
百合の花

来年も
再来年も
そのつぎの年も
あなたの ユリコさんに
会えますように

痛いときには

痛かったら
「痛い！」って言ってよ
お母さん
そんなに
がまんしなくて
いいんだから

中里さんが

「いいなぁ　あなたは
お母さんがいて・・・」

今日ね
友達の中里さんが
そう言って
泣きました

そんなに　おこらなくても・・・

見るからに
おばあさん風の人に
「ばあちゃん！」て
呼ばれた　と
おこっていたある日
その元気がいいね
お母さん

逆転

親と娘の
逆転を知った日
悲しかったのは
わたしよりか
あなたのほうだったかも
知れません

お散歩

万歩計をつけて
手押し車を押す
定休日の　スーパーの
駐車場

ひとまわり
ふたまわり

三周して
千八百歩
歩く 歩く 歩く
ゆっくり ゆっくり 歩く

あなたの背に
ふりそそぐ
秋の日差しが
うれしくて

「ごめんなさい」を

ごめんなさい
お母さんに
あやまらねば
ならないこと
たくさん　あるの
ごめんなさい

待ってるよ

うちにも
遊びにきてね
お母さん
今日　夫が
お母さんの
お茶わんと　おはし
買ってきました

おかあさん!

「おかあさん!」
ううん、、、
ただ
呼んでみただけ

詩の花束

としのせいでしょうか?
季節の せいでしょうか?
この頃 しきりに
ふるさとが 思われます
セピア色の日差しの中の
ひがん花の海に
すすきの 波に

ふるさとの秋が
通り過ぎていきます
こんな日は
キザかも知れないけど
拙い詩を 花束にして
送らせて下さい
お母さん

がんばりやさん

お昼間 働いて
夜間の
洋裁学校に 通ってたっけ・・・
卒業式の日
皆勤賞と優等賞をもらって
「みんなの おかげで・・・」って
お父さんと おじいさんと

わたしたち 五人の子供に
きちんと 正坐して
お礼を 言ってくれたよね
でも そんなの
誰のおかげでもない
お母さん ひとりの
がんばりの おかげだ って
十さいの心で
考えていました

学生時代の ざんげ

ふるさとを離れた
学生時代
毎日毎日
お母さんから
手紙がきて
毎日 毎日
お母さんに
手紙を書いた

一年ぐらいして
それでも　お母さんからの手紙は
毎日　届いて
なのに　わたしは
先輩が　好きになって
毎日　その人に
手紙を書くように
なっていた

お母さん
ごめんなさい

夫が・・・

いつだったか
夫が 言ったっけ
「お前のお母さんを見て
この人の 娘なら・・・と
思った」 って
「そのお母さんとは
えらい 出来の違う

娘だったけど……しって
わたし
けなされてんのに
うれしかった

冬を前に

むかし お母さんに
編んでもらったセーター
縫ってもらった洋服
浴衣も 着物も
フェルト地の くつまで
いま それらの全部を
思い出すことが できます

お母さんへ

お母さん
やせて
小っちゃく
なってしまったねえ
でも わたしの 心の中で
あなたは ますます
大きく なるばかりです

孫たちからの伝言

お母さん
今日ね　ひろゆきが
ホームラン　打ちましたよ
ごう　もね
トライを
決めたって

Ⅲ章　孫へのラブレター

クリスマスに
――まだ小《ちい》さな　あなたへ

あなたは
このごろ　なんだか　うれしい
なんだか　こころの　なかが
きらきら　はじける・・・
そんなきが　しませんか？

そう、もうじき
クリスマス　なんですね
あなたは　サンタさんに
おねがいする　プレゼントのことで
あれやこれや　まよっているようですが
もう　きまりましたか？
サンタさんへの　おてがみは
かきましたか？

ところで　「クリスマス」って
なんだと　おもいますか？

サンタさんから プレゼントを
もらったり パーティをして
ケーキや ごちそうを たべたり
おうちのひとと おかいものに
でかけたりが クリスマスだと
おもって いませんか？

ほんとうはね クリスマスって
そういうことばかりでは
ないのですよ

クリスマスってね
イエスさまが
おうまれになったひを
おいわい　するひ　なのです
イエスさまは　ごじぶん　は
さておき　よのなかの
すべての　ひとたちが　しあわせに
なりますように　せかいじゅうが
へいわで　ありますように
おいのりを　して　くださって　います

じぶんのことは　どうでもよくて
だれかのためのしあわせを
ねがうのって　むずかしいかも
しれません
でも　もし　あなたにも　できると
すれば　それは　ひとにやさしく
することかな？　と　おもいます
おうちのひとたちやおともだち
それから　イヌやネコや
おはな　たちにも・・・

じぶんのまわりの ひとや ものたちに
やさしく すること
あなたに なら できます
ところで おとなの わたしたちから
あなたたちに
プレゼントの おねがいを
しても いいですか？

どうか
たくさん あそんで
たくさん たべて
たくさん ねて
げんきに おおきくなって ください

これが わたしたち おとなへの
いちばんの プレゼントです

さあ あとは しずかに
サンタさんを
まちましょうか

Ⅳ章　あなたへのラブレター

天国のあなたへ
これぜ〜んぶ
あなた宛ての
ラブレターの
つもりですから

病院から うちに向かう車中で

うちに 帰ろうね
あなたを待っている
わたしたちの うちに
帰りましょう
まさか こんな形で
帰ることに なるなんて
一体 だれが予想したでしょう?

なにが　起きたのか
よく把握できないまま
あなたに寄りそいながら
わたしは
小さく　ふるえていた

写真のあなたへ

「おはよう！」
朝　いちばんに
写真のあなたに　話しかける
あなたは　いつも　笑っている
いつも　いつも　いつも　いつも
にこにこ　笑っている

なので　わたしも
自然に　心がやわらぐ
「おはよう！」

かくれんぼ

いつものように
「おはよう！」って
大きな声で 言ったら
イヌのさくらが
勘違いをしたのか
キョロキョロしながら
あなたを 探しはじめた

〈えっ？どこ？どこ？
パパいるの？どこに
かくれているの？〉
そしてしつこく何度も
〈もういいかい？
もういいかい？〉を
くり返した

「もういいよ！」は
永遠に　おあずけなのに

ある日

若い日に
けんかして
口もきかずに　ふくれていると
あなたが言った
「おまえは　いつも　笑っとけ
オレは　笑ってる　おまえが
好きだ」って

でも　今のわたしには
泣くことしか　できません

孫の漱（小三）の発言より
その一

「ばあちゃん
泣くな！
こんど 泣いたら
バッキン
百万円だから・・・」
言いながら
漱も 泣いていた

その二

漱が　おどけた顔を
して見せた
思わず　ふきだしたら
「ああ　よかった
ばあちゃんが
笑ってくれた」って
うれしそうに　言った
漱くん　アリガト　ね

クリスマス

今日は クリスマス
あなたの いない
クリスマス
ラジオ から流れる
「ハッピークリスマス」の
メロディが
哀しいです

楽しい宵に

生ビール
おすし
アイスクリーム
ああ 久しぶりに 飲んだ
久しぶりに いっぱい 食べた
こんなふうに 笑ったのも
久しぶり・・・

梅田さんと 上野さんが
おいしいもので 慰めてくれた
わたしだけ
こんなに おいしいもん食べて
楽しい思いをして
いいのかなぁ・・・
ごめんねぇ

冬の雨

葬儀の　あれこれ
お声を　かけて下さった
多くの人たちの善意
あなたが　この世にいないことの
事実さえ

なにも　かもが
心を　素通りして

過ぎていったある日
雨の音に　気づいた

それは
夏が過ぎ
秋が過ぎ
時は流れていると
気づかせてくれた
冬の雨だった

そう　なにが　あっても
時は　止まらずに　過ぎていく
時に　置き去りにされた
わたしの心を　取り戻しに行こう
そして前を向いて歩こう

これからは
あなたが
空から　見守って
くれているのだから

だいじょうぶ・・・
わたし　なんとか
やっていけるかも。

カレンダー

二〇〇八年のカレンダーが
八月　を開いたまま
壁にかけられている
二八日の欄には　あなたの文字で
孫息子の　誕生日が明記されていた
なのに　その日を　祝うことなく
あなたは　旅立ってしまった

あれから　七年・・・
「二〇〇八年八月」が
立ち止まったままで
二〇一五年の　初冬の風に
揺れている
孫息子は
十五さいに　なっていた

であい

ある日　親友の洋子ちゃんが
「ね、ね　おっちょこちょいの
先輩がいるよ」と
あなたを　紹介してくれた
日に焼けた顔の　真っ白い歯が
印象的な人だった

デートは　いつだって
あなたが出場する
ラグビーの　試合観戦
白と紫紺のしましまジャージが
よく似合ってて
その時だけは
あなたは　カッコイイ先輩だった
わたしは　その後
何度も　試合観戦をしたのに

全く ラグビーの 競技を
理解しないで 過ぎた
だって ただひたすらに
目で 心で あなたの 走りを
追いかけて いただけだったから
そんなわけで
あなたの ポジションが
「フランカー」って 知ったのは
ずいぶんと　あとのことだった

姓名

小林征子って
あなたの苗字に続けて
自分の名前を書いた日
少しはずかしくて
そして　とってもうれしかった
（あなたと結婚したんだ・・・）
って思った

わたしは 今
うれしくも なんともなく
ふつうに「小林」を名乗り
あたりまえに「小林さん」と
呼ばれている
それって 本当は
とっても すごいことなのに

長男誕生の日に

出産予定日が　十月と知ると
「十月十日
体育の日に
男の子を　生んでくれ」
あなたは　真面目な顔をして　言った

（そ、そんなア！・・・）と
思いながら
わたしは ちゃ～んと
十月十日に
男の子を 生んだ
あの日 父親になったあなたは
「ありがとう！」って
握手してくれたっけ
あなた うれしかったんだね

二男誕生

（こんどは　女の子が
　　　　　生まれてほしい）と
思っていたのに
二人目も　男の子だった
わたしは　少しがっかりしたけど
あなたは大喜びしてた

そして　その子が
ラガーマンを　目ざした日
あなたは
どれほど　うれしかったことか・・・
よかったね!!

孫たち

二人の孫息子と
三人の孫娘
〝じいちゃん〟に たくさん たくさん
キャッチボールをしてもらった
孫息子たちは
もう中学生です
大きくなって たくましくなって
野球 がんばってますよ

それから　三人の孫娘
あなたは　この子たちを
知らずに　旅立ってしまいました
でもね
「じいちゃんにナムするぞー」と
父親に　うながされて
我さきにと　かけ寄り
小さな手を合わせて
ナムしています
そうです　あなたは　いつまでも
〝大切なじいちゃん〟として
孫たちの心に　生き続けるのです

ザ・ン・ゲ

ある日「オレとイヌのさくらと
どっちが大事なんだて、」と
突然 おこりだした あなた
「そんなの 決まってんじゃん！
ねえ、さくらちゃん」
なんて 言ったわたし・・・

ほんと　かわいくなかったよね
ごめんなさい
もちろん　いちばん大事は
あなた　に　決まってる・・・

空

バスを降りての　帰り路
なにげに　空を見上げた
フェルメール ブルーの
初冬の空だった

そうか　いつも 荷物を持って
下を向いて歩いていたから
長いこと　空の広がりを忘れていたんだ

あの空の上に
あなたが いるかも 知れないのに

ね、ね わたしが 空に向かって
大きな 声で 叫んだら
あなたは 答えて くれますか？
「いつも見てるからね」って
言って下さいね

「おーい！
わたしは げんきだからね〜
」

詩集『あなたへのラブレター』に寄せて

詩集『あなたへのラブレター』に寄せて

手作り絵本研究家　武藤順子

昨日、これは完全一歩手前のゲラ刷りですと前おきした原稿が、どさっと送られてきました。旅行から帰った私は、この原稿を一気に読みあげました。飾らない文章、平易な言葉、それなのに文章から溢れ出る愛を感じ心が熱くなりました。

かれこれ四十年前、あなたは小さいお子さんの手を引いて、柏から片道二時間もかけて手づくり絵本講座に通ってきました。楽しかったと云います。あなたは、大変ロマンチストで少女の気持を持ち続けている可愛いママでした。お子さんのために、一生懸命絵本を作り、お子さんは、すくすく成長していきました。

その息子さんを題材にした絵本のことを昨日のことのように思い出しました。中学生になった息子さんが生意気になり「かあちゃんいってくるぜ」と学校に行く。本のページをめくるたびに、過去へ過去へとさかのぼって行く。子どもの頃は、犬が怖いと泣いていた。最後のページは、ママのおっぱいのんでいたと赤ちゃんになっていました。息子さんは、この本をどんな顔で見たでしょう。

手づくり絵本は、お子さんからお孫さんへ、そしてあなた自身のため、百冊も作られました。その中から詩の本を選んで出版になりました。

人生には、いろいろあります。出合い、結婚、出産、子育て、病気、別れ、楽しいことばかりではありません。

最終章の天国へ旅だたれた夫への「ラブレター」は、あなたの純粋な愛と優しさに涙がこぼれました。天国にむかって、いっぱい語りかけて下さい。きっと通じると思います。そしてあなた達を見守っていると思います。

私は、手づくり絵本を通して、大勢の方に巡り合いました。たくさんの喜びと幸せをいただきました。

この本を読んだ方々は、今日一日を大切に生きようと改めて思うことでしょう。

感謝に代えて

手づくり絵本にかかわること四十年、いつしか絵本を作ることが、わたしのライフワークになっていました。

そんな手づくり絵本たちの中から、この度「詩の絵本」の詩篇のみを取り出し、集大成としての一冊にまとめあげることができました。うれしい限りです。

多くの「詩の絵本」の中から、一篇一篇を精査し、拾いあげる作業を引き受けて下さった、「朝日れすか」編集長の岩野節子さんと、スタッフの豊岡貴子さんに先ずお礼を申し上げます。お二人のご好意が、詩集『あなたへのラブレター』制作に向けてのはじめの一歩でした。

次に、カバー・表紙絵、挿絵を画いて下さった長野ヒデ子さん、ありがとうございました。

長野さんとは、四十年来のおつき合いとはいえ、今や超多忙の人気絵本作家ですから、無謀を知りつつ恐る恐るお願いしました。

なのに「いいですよ。」と快諾して下さって、わたしの迷いの心に、力強いエールを頂いたと思っています。重ねて感謝申し上げます。

それからわたしが師と仰ぐ武藤順子先生、ありがとうございました。心にひびく優しい文章をお届け頂きました。

さて、タイトルの「あなたへのラブレター」ですが、日頃お支え頂いているわたしの周りの人たちを始めとして、大地や空などの自然の息吹き、そして過ぎて行った日々へ、更にはこの本を手にして下さったあなたへの、感謝のメッセージと受け止めて頂けたなら、どんなにうれしいか知れません。

最後になりましたが、コールサック社の編集をされた鈴木比佐雄さん、版作りやデザインをされたスタッフの方々、書き文字の使用など細やかなご助言をありがとうございました。

おかげさまで、詩集『あなたへのラブレター』が完成しました。

小林征子

二〇一七年初秋

著者略歴

詩・本文書き文字

小林征子（こばやし　まさこ）

一九四一年、福島県いわき市に生まれる。福島県立磐城女子高等学校卒業。中央大学文学部卒業。現在、千葉県柏市の自宅で子どものための手づくり絵本教室を開く傍ら、同市にある子どもの絵本専門店「ハックルベリーブックス」で手づくり絵本の講座を主宰。三五年以上、絵本作りの楽しさを広める活動を行っている。

現住所　〒二二七-〇〇二七　千葉県柏市関場町二-七

装画・題字・挿絵

長野ヒデ子（ながの　ひでこ）

一九四一年、愛媛県に生まれる。鎌倉市在住。絵本やエッセイ、紙芝居など幅広い創作活動を続ける。『とうさんかあさん』（石風社）で第1回日本の絵本賞・文部大臣奨励賞、『おかあさんがおかあさんになった日』でサンケイ児童出版文化賞、『せとうちたいこさんデパートいきタイ』（以上童心社）で日本絵本賞を受賞、『狐』（偕成社）、『まなちゃんのいす』（福音館書店）、『1ぽんでもにんじん』（のら書房）など多数の作品がある。翻訳に『ぼくのうちはゲル』（絵・文 バーサンスレン・ボロルマー 石風社）がある。第57回久留島武彦文化賞受賞。

石炭袋

『あなたへのラブレター』　小林征子 詩集

2017年12月1日初版発行
著者　　　　　小林征子
編集・発行人　鈴木比佐雄
発行所　株式会社 コールサック社

〒173-0004　東京都板橋区板橋2-63-4-209号室
電話 03-5944-3258　FAX 03-5944-3238
suzuki@coal-sack.com　http://www.coal-sack.com

郵便振替 00180-4-741802
印刷管理　株式会社 コールサック社　製作部

装画・題字・挿絵　長野ヒデ子

ISBN978-4-86435-323-6　C1092　￥1500E
落丁本・乱丁本はお取り替えいたします。